蝶蝶舞《ちょうちょうまい》

石田 和重
Kazushige Ishida

文芸社

蝶蝶舞

†

CONTENTS

Chapter 1

†

落合信一は四畳半のアパートで、一日中横になって小説を読んだりテレビを見ていたために、左右の胸骨が痛みだした。歪《いびつ》な骨格になるのを心配して、痛みのある辺りを両手で摩りながら、底冷えのする深夜の路地へ足を運ぶのである。外出の目的は、三食分の食料の買い出しである。

すぐ近くに、金網の柵で覆われた小さな遊戯場があって、落合は運動不足で鈍った身体《からだ》をその金網によじ登らせてみたい衝動に駆られるが、夜中とはいえ、もしや誰かに見られでもしたら、それこそ狂人扱いされかねないという不安が脳裡《のうり》をよぎり、かろうじて自己を抑制することができた。

彼はいつの頃からか人目を恐れるようになっていた。都内の大学の受験に三度失敗し、将来の目的があるわけでもなく、ただ終日自堕落な生活を繰り返していた。今時はやらないデカダンな生活に憧憬《あこが》れていたといえば聞こえはよいが、実は対人恐怖を芯とした臆病な怠慢生活が原因なのである。

落合はＪＲ線の高架下の薄気味わるい道に差し掛かった。青白い街灯の下で冷たく行列をなしている自動車の群れが、時折背後で微かに動いたり嘲笑したりするように感じられた。所詮こいつらも人間の産物ゆえに人間の目を持っているのだ、と落合はヘッドライトの軽薄な内部を見ながら愚弄《ぐろう》した。

店内にはアルバイトの若い男が二人いたが、ひとりはレジカウンターに、もうひとりは商品整理をしていた。落合は客がほとんど来ないであろう時間帯を考慮して来たのであるから、すこぶる納得がいった。客がひとりでも居ようものなら、彼はすぐにでも引き返したであろう。打算と少しでも異なった現実が展開されることは屈辱であり、彼を充分に打ちのめし得るのである。ならば店員の存在はどうなるのか。彼にとってははじめから計算に入っているばかりか、店員の居ないコンビニなどあり得ないのだから、その点は黙認せざるを得ないのである。しかし、前提として店員はコミュニケーションの成立しない相手でなければならないし、視線は落合の持ち寄った商品とレジに集中されることが望ましい。

ところが、この夜に限って店員は親しげに話し掛けてきた。

「いつも遅いですね、学生さんですか？　夜型人間が多いですから」

落合は一瞬、後退りした。計算が狂ったのである。首から背中への筋肉と両肩の筋肉が十文字に緊張した。血液が足を重くし、脳髄が薄くなってゆく。ぼやけた視界を正すために、より一層相手を睨《にら》みつける。

「え、ええ、そうなんです」

と、どもりながら答えるより仕方がない。もし否定でもしようものなら、次にまた何かを訊かれるかもしれない。長居は憂鬱になるだけである。勘定を済ますと、憑かれものを打ち払うように逃げ帰った。

いつものことながら、電子レンジで温めてもらわなかった冷めた弁当を、落合は鼻息も荒く頬張った。味など適当でよく、ただ空腹が満たされれば足りるのである。夜を裏返すこの部屋には、食物を噛む力強い顎骨《あごぼね》の擦れる音が響くだけである。

落合は弁当を食べ終わると煙草に火を点けた。この世の快楽は、この僅かな時間を除いてはあり得ないかのように放心しているのである。

しかし、煙草を吸ってしまうと座布団を二つ折りにして枕にすると仰向いて、閉鎖的な現在の生活の因果に思いをめぐらすのであった。どうして俺はこんなになってしまったのか？　どうして無気力なのか？　そうだ、それは俺の足なのだ。猿のように極端な蟹股《がにまた》で、しかも驚くほど短いのだ。俺は都会の人込みを歩くのが屈辱的に恐ろしくなった。人々の冷たい目が俺の両足に集中しているように思えてくるのだ。俺の単なる被害妄想だったのかもしれない。しかし、少なくとも俺自身はそう思わなかった。最初、蟹股短足の俺を産んだ両親を呪った。一体どうして俺だけが普通の体型をもった人間に生まれてこなかったのだろう。一体どうして……。考えれば考えるほど、俺は自分の小さな殻の中に閉じ籠もるようになった。両親の次に俺が呪ったのは運命だ。そう、運命だ。かつてどんな偉大な哲学者や思想家も解明できなかった運命なのだ。俺はこの運命というやつが神の遊戯《ゆうぎ》に思えてきた。人間界のはるか高みから大声で笑いころげているのだ。神の遊戯が俺を苦しめ絶望させようというのなら、俺はそれに甘んじて死んでやろうと思った。しかし、自殺するには死よりも恐ろしい永劫《えいごう》の虚無が大きな口を開けていたのだ。自己の存在が永久にこの世に無いということを想像したまえ。俺はそう思うだけで死を恐れ叫ばずにはおれないのだ。

「いやだ、いやだ、助けてくれ――。俺は生きたいのだ」

しかし、その絶叫も運命にはこれっぽちも聞こえないごとく、俺の生は苦悶《くもん》し続けた。運命は神の遊戯ゆえに救済はあり得ないのだ。暗澹《あんたん》たる日々の中で、俺は自己存在の根底を見失っていた。

どこへ出掛けようにも身体の筋肉が緊張のあまり震えてくるのだ。この耐え難い震えが俺の頭には常にこびり付いていて、何をしようにもまず震えが行動のあらゆる自由を奪い取ってゆくのだ。電車に乗っても首の筋肉が痙攣《けいれん》したように左右にぴくぴくと震え、食堂で定食を食べるとき箸を持つ手が震えるのだ。身体全体が震えるのだ。それを人に気付かれまいとすればするほどよけいに震えた。顔は上気して赤くほてり、腋《わき》や額には冷や汗が滲《にじ》んでくる。

そんなある日、俺は江戸中期の偉大な禅師白隠《はくいん》の書いた『夜船閑話』を知った。何度も繰り返し読んだ。坐禅も組んだ。しかし、意志薄弱な俺は一週間と続かなかった。徒労に終わったのだ。それからというもの、苦患《くげん》から解放され絶望から救われたい一心で宗教書や文学書や心理学書をむさぼり読んだ。それこそ藁《わら》をもつかむ思いで。しかし、一時的に気分が楽になることはあっても持続性は全くなかった。単なる気休めにしかならないのだった。

落合ははっと我に返ると、炬燵《こたつ》の中で蛍光灯も点けっぱなしで眠っていたことに気が付いた。すでに正午を回っている。炬燵と蛍光灯のスイッチを消して、顔を洗った。

これからどうしようという当てもなかった。そもそも大学に入って何を学問し、将来何をしてゆくのか年齢を経るに従って、目的も薄らいでゆくのだった。二度目の大学受験に失敗してから、もうすでに一年が過ぎようとしていた。長野の田舎から、毎月仕送りしてもらって生活している自分が情けなく思われた。しかし、落合には対人恐怖というやりきれないかさぶたが剥《は》がれそうでなかなか剥がれないのだった。この精神状態では、仕事をすることはおろか日常生活さえおぼつかない。俺はどうすればよいのだ。本当は判っているような気がするのである。

俺は日常生活の超越ということを目指していたのではないか。ここでの日常生活とは、コミュニケーションの全く不能な密室生活である。内部に情熱をたぎらせ野心家を自負する俺は、密室生活が情熱の自由な具現化を妨げるのを承知している。しかし、目的を達成させるにはあまりに消極的な自殺か、あるいは狂気しか許されていないのではないか。されど、生きたいという執拗《しつよう》な情念を抑えきれない。

落合は逃れられない迷路でもがき喘《あえ》いでいる自分に、ひと筋の光が射し込む方法をもうすでに決しているのである。精神病院へ行って明確な治療を受けよう。ひとりで懊悩《おうのう》しているだけでは埒《らち》があかない。このまま生涯を終えるのはまっぴらご免である。

彼は電話で区役所から五つの精神病院の所在地と電話番号を聞き出すと、その中の一つへ行ってみることにした。地下鉄の早稲田駅から、徒歩で十五分くらいの所に病院はあった。落合は電車内で今までのように身体が震え続け、空いている席があったにもかかわらず、人の視線が気になって座ることさえできなかった。身体中ぐっしょり汗をかいて、やっと目的地に辿り着いたのだった。大通りに面している部分には高い塀が巡らしてあり、門を入って左側には三十台ほど収容できる駐車場があった。

病院内は思いのほか天井が高く、内装は白を基調として明るい感じだった。待合室には十五人ほどの患者や付添人がいて、その中には大声で何か喚《わめ》いている中学生くらいの男の子や、一方まるで彫像のように身動きせず俯《うつむ》いている若い女性もいた。落合は受付へ行って診察の手続きをとった。事務員の若い女性は丁寧な口調で言った。

「診察を受けられるのは、落合さんご自身ですか?」

「はい、私ですが……」

事務員はちょっと怪訝《けげん》そうな顔つきをして、

「落合さんは、初診でございますか?」

と訊いてきた。

落合が肯定の意思表示をすると事務員は、名前を呼ばれるまで待合室の方で待ってくれるように伝えた。

落合は入って来るとき一瞥《いちべつ》した、彫像のように俯いている自分と同年齢くらいの女性から、一メートルほど間隔を置いて長椅子に座った。二月の中旬なので院内は心地好い暖房が効いて、落合はダウンジャケットを脱いで彼女との間に置いた。シヨートヘアの彼女の項《うなじ》が、心なしか上気して薄紅色に映った。そのときはじめて気付いたのだが、彼女は俯きながらしきりと口を動かして、声にならない声を呟いているのである。透き通るように白い横顔しか見えないが、化粧もしていないようだ。そして時折、呟き疲れたかのように深い吐息を洩らした。その後で、胸の前で組んでいた両手を解いて顔を覆った。そういう一連の動作を、何度も機械的に繰り返すのだった。やはり精神病院に来ているというのは、常人とはどこか奇異な感じが否めない。恐らく落合を他人が見たら、彼女と同類に思えているだろう。自分では無《む》意識《いしき》裡《り》の仕種や行動でも、第三者から見れば常軌《じょうき》を逸《いっ》しているのだろう。

十分ほど経っただろうか、診察室から出て来た中年の女性が、落合の前を素通りして俯いている彫像の前で足を止めると、娘と思われる彫像に何か耳打ちした。すると、中年の女性は長椅子から立ち上がった彫像の両肩を抱きかかえて、優しく包み込むように病院を後にした。

それから暫くして、肉付きのよい看護婦が待合室の方へ向かって落合の名前を呼んだ。彼は看護婦に付き添われて診察室に行くのかと思っていたが、彼女はもう一つ奥の部屋のドアを開けて、椅子に座って待つように念を押した。落合はちょっと戸惑った。不安になった。これから何がはじまるのか判然としなかった。

部屋の内部は四畳半くらいの広さで、蛍光灯の明かりは電球色で少し薄暗い感じがした。部屋の中央に円形のテーブルを挟んで二脚の椅子が、無造作に置かれてある。落合は落ち着きを失って、殺風景な部屋のすみずみを見渡していた。

すると、白衣ではなく普段着の四十歳くらいの女性が、ドアをノックして入って来た。落合は、彼女に促されて入口側の椅子に座った。上品で知的な感じの彼女は、テーブルに一冊のノートを広げながら落合に優しく言った。

「私は医師ではなく、心理カウンセラーです。あなたの精神状態や症状を詳しく聞いて、それを医師に報告するのが私の役目なんです。ですから、私が質問することに対して、あなたは何の心配もしなくてかまいませんから、ありのままを全て話して下さい。秘密は必ず厳守しますので、お願いしますね」

「判りました。そうします」

落合は安堵感を覚えながら、彼女の質問を待っていた。

「あなたは、誰と来たのですか?」

「ひとりで来ました」

「あら、そう。大抵はご両親とかご兄弟とか、肉親の方が付き添ってみえるのですけど。珍しいですね。きっと勇気がおありなのね」

「そんなことはないです。実際、ここまで来るのに冷や汗ものでしたから」

落合は、自分が意外なほど落ち着きはらっているのに驚いていたのである。

彼女はボールペンを握り締めると言った。

「それでは本題に入るわね。あなたは、どんなことで悩んでいるのかしら」

「僕は対人恐怖症らしいのです。人の視線が非常に気になって、意識すると身体が震え、脂汗が出てくるのです。人に会うのが怖くて、いつも部屋に閉じ籠もっている有り様です」

「そうなんですか。それは苦しいですよね。いつ頃からそういう症状が現れたんですか」

「上京して半年くらい経ってからですから、二年半前になります」

カウンセラーは落合の返答にすぐ反応して、ノートにペンを走らせている。そして、書き終わるや否やまた質問をはじめた。

「あなたは異常に気付きはじめた頃、何が原因でそうなったと思いますか?」

落合は返答に困った。多くの要因が複雑に絡み合って、自分を蝕《むしば》んできたように思ったからだ。しかし、ただ一つ挙げるとすれば、挙げられないこともなかった。だがそれは、彼にとって屈辱的に恥ずかしいものであり、誰も信用してくれそうもない理由なのだ。彼は落ち着きを失い、テーブルの上に載せている両手の指を、忙しげに組んだり解いたりしていた。すると、その様子を見ていたカウンセラーは言った。

「思い当たらないですか。無理して思い出すことはありませんよ。焦《あせ》るとかえって頭の中が混乱しますから。それでは質問を変えましょう」

「ちょっと待って下さい。思い出しました」

落合は意を決したように唇を噛んで、心の中の蟠《わだかま》りを洗い浚《ざら》いさらけ出そうと思った。そうしなければ、病院に来た意義が無になってしまう。全てをさらして膿《うみ》を出してしまおう。

「実は僕の足が原因なんです」

「足をどうかなさったのですか？　怪我でも」

「いいえ、僕の足は普通の人と違って、蟹股短足なんです」

落合はそう言うと、おもむろに立ち上がってカウンセラーに全身が見える位置に佇んだ。カウンセラーは少し動揺の表情を現したが、落合が暴力を振るうような素振りを見せないので、冷静さを取り戻して言った。

「落合さん、正直に言わせていただきますと、あなたの足はちょっとO脚ぎみですが、傍から見ればあなたが悩むほど極端ではないし、あなたよりもっと目立つ人は沢山いますよ」

落合は椅子に戻ると暫く目を瞑《つむ》っていた。彼女の判断は、自分を安心させるための方便ではないのか。本当に俺の足は、自分が思っているほどひどくはないのだろうか。落合が頭の中で自問自答していると、カウンセラーは静かに話しだした。

「落合さん……人間て可笑しな生き物です。些細なことを肥大化して考える癖があるのです。しかし、一方ではそれが人間の重要な能力でもあるのです。想像力は人類が進歩するうえで、不可欠な役割を演じてきました。でも、その想像力を誤った方向に働かせると妄想になってしまうのです。この病院には、あなたのような妄想から抜け出せない人が沢山やって来ます。異性の人の前に行くと、赤面して会話ができなくなるとか、どもってしまうとか。夫とセックスをしたがエイズになったのだと思い込む妻とか。あるいは、自分の乗っている電車や自動車がいつ事故に巻き込まれるか判らないから、乗り物には乗れないとか、数え上げたらきりがありません。そのほとんどが妄想なのです。しかし、そういう人達と心を開いて話し合うと、おおかたが非常に生真面目で、向上意欲が旺盛なのです。その一方で自己防衛の砦《とりで》を築き、人に頼ろうとする独立心に欠けた共通点があります」

カウンセラーは、さらに続けた。

「あなたは自分の足が人とは異なっていると思い込んでいるようですが、それは自意識過剰ではないかしら。恐らくあなたは、人前に出るときはそのことばかりが頭の中を埋め尽くし、他のことには目もくれないような状態に陥っているのです。意外と思うかも知れませんが、他人はいちいちあなたが思っているほど、観察していないものですよ。ところで、あなたは上京して半年くらいは何も気にならなかったわけですよね。それなのに突然、そういう症状が現れたのには、動機というものが必ず存在するはずなのですが？」

落合は二年半前のあの日の、忌々しい出来事をありありと思い浮かべていた。

「僕は当時予備校に通っていたのですが、八月に模擬試験があり、その結果発表が九月だったのです。予備校で知り合った志望校の同じ二人の友人と、試験結果の内容について話し合っていたのですが、友人二人はAランク合格でしたが、僕だけがDランク不合格だったんです。友人は心の余裕からか僕を励ましてくれましたが、僕は恥辱を受けたように感じました。自分の無能さに打ちのめされたのです。僕はその場にいたたまれなくて、友人二人にひとりになりたい旨を伝えて、教室を出ようと歩きだしたまさにそのとき、友人のひとりが戯《たわむ》れに言ったのだと思いますが、『君の足は蟹股だったんだなあ』と、不意に言ったのです。僕は一瞬ぎくりとしましたが、そのときはDランク不合格という不名誉で頭の中を掻き乱されていましたから、他のことは一切気にならなかったのです。ところが、アパートでひとり冷静に思考をはじめたとき、友人の一言が僕の全人格を象徴しているように思えてきたのです。試験結果の悪さと蟹股の因果関係など成立しようもないのに、もうその夜から僕の脳裡には、蟹股という醜悪な自分の姿が固着してしまったのです。繰り返し自分の足を安物の鏡に映し出しては落胆していました。そのことがきっかけで、翌日から予備校に通うことはなくなりました」

カウンセラーは落合の重苦しい胸中に同情する思いであった。改めて人間はほんの些細なことから心のバランスを失い、自己の殻の中で苦しまなくともよい苦しみと格闘しているのだと思った。カウンセラーはノートを閉じると落合に言った。

「あなたの症状はおよそ判りました。精神病の人は話す内容が支離滅裂なのですが、あなたの場合は筋が通っていますから、そんなに心配する必要はないと思います。

あとは医師の判断に任せることになります。それでは落合さん、私の質問は終わりましたので、待合室で暫くお待ち下さい」

カウンセラーは立ち上がるとドアを開け、落合に一言励ますと奥の通路へ姿を消した。

落合は、患者がまばらになった待合室の一番後ろの長椅子に座った。午後の診療受付時間は、二時から四時までだった。落合の腕時計は、四時十五分を回っていた。今日の受付はすでに終わっているのだから、自分を含めても五人しかいないのは当然といえば当然であった。その中でも、ひとりで来院しているのは落合だけといえるのだった。なぜなら残りの四人は二人ずつ二組に分かれ、寄り添うように座っていたからだ。

二十分ほど経ってから、落合の順番は回ってきた。待合室には落合がひとりきりで、二組の患者は初診ではないらしく、意外に早く診察を受けてすでに病院を去っていた。落合は待合室が思いのほか広いことにはじめて気付いた。三十人は座れるほどなのである。その空間をひとりじめしている自分が、何か異様なものに思えてくる。落合は、前の看護婦とは別の若くて細っそりした看護婦に付き添われて、診察室へ入った。

医師は机に向かって何か読み物をしていたが、落合が姿を現すと、椅子を回転させて振り向いた。看護婦は机の横のカーテンを開けて隣室に姿を消した。医師は鼻筋の通った美男で、三十半ばくらいの若さだった。医師は唐突に、

「落合君、ちょっとそこに立っていてもらえないか」

と言ったうえで、

「なるほど、少し蟹股ではあるが、大したことはないな。心配には及ばないよ」

と付け加えた。そしておもむろに医師も立ち上がると、長い白衣の裾を捲り上げて自分の足に顔を落とした。

「落合君、僕の足を見てごらん。君よりはるかに蟹股だろう。安心したかね」

落合は医師の足と自分の足を交互に三度見比べたが、どう見ても確かに医師の足の方がひどい蟹股だった。落合は自らの苦悩がいかに馬鹿げてちっぽけなものか、愚《おろ》かしく思えてきた。医師は落合に着席するよう促してから、自分も椅子に座った。

医師は最前のカウンセラーが書いたノートに目を落としながら、白衣の胸ポケットから赤のボールペンを取り出すと、ほんの一行ばかり書き込んで落合に語りかけた。

「僕もねえ、中学・高校と思春期には、君と同じように蟹股で苦しんだ仲間なんだよ。だから君の気持ちは手に取るようによく判る。ただ君と決定的に異なる点が二つある。一つは、誰も憎んだり呪ったりしなかったこと。もう一つは、蟹股が病気だと思わなかったことだ。そう、もう一つある。僕は自分と同じ悩みを持つ人達の救いの手助けになるために、精神科医になるという目的を持つことができた。だから今では、蟹股に生まれてきたことを感謝しているのだ。落合君、君は精神病なんかじゃないぞ。カウンセラーの記録を見る限り、神経症というものだ。それを専門的に区分してゆくと、強迫観念による対人恐怖症ということになる。蟹股であることが、あたかも病気だとかたくなに信じきっている。実は蟹股が病気なのではなくて、それを病気だと思い込む心の方が病気なのだ。判るかなあ」

「何やら迷路に迷い込んでしまったような気分ですが、先生の仰ることは充分理解しているつもりです」

落合は自分の心の病気のからくりを、ちょっと覗いた気持ちがした。それと同時に、医師から明確に精神病の否定を宣告されて安堵していた。すると、医師は落合を優しく見ながら言った。

「今、君に必要なのは、あるがままの自分を知ることだ。自然体でいい、とにかく身体が震えても、脂汗が湧いても、それが異常であるとか、不健康であるとか思わないことだ。そのまま、あるがままに、任せておけばよいのだ。病気だと思い込むことが病気なのだから、他人の目が気になるのなら、それはそのまま放っておけばよいことだ。それよりも現実にしなければならない一つ一つを、確実に実行してゆくことが必要だ。たとえば、君はこの病院に来て診察してもらうことが今日の目的だったわけだ。電車の中で人の目が気になり、身体が震え、脂汗が出ても、現に君はその目的を達成しているじゃないか。それでよいのだ。君のように神経質な性格にありがちな、どうでもよいことに固着して執念を燃やすのではなく、やるべきことをしっかりやっていれば、それが即ち一番の治療なのだよ」

落合は医師の言葉に勇気が湧いてきた。確かにこれまでの俺は、他人の冷やかな視線や症状に気をとられすぎて、やるべきことを放り出し、無気力な日々を過ごしてきたのだ。現実を直視せず、しまいには自己さえ見失って為《な》す術《すべ》を忘れてしまっていたのだ。医師の言うとおり、あるがままにやるべきことを一つずつこなしてゆけばよいのだ。無明の闇に一条の光が射し込んできた思いと共に、落合の胸裡《きょうり》を清々しい風が吹き抜けてゆく。すると、落合の頬には涙が伝わっていた。なぜなのか判らないが、ただ、有り難いという思いに心は満たされていたのだ。その様子を見つめていた医師は、静かに語りはじめた。

「落合君、君は必ずこの症状から抜け出すことができる。しかし、思い違いをしてもらっては困るぞ。抜け出せるということは、症状が全く消滅してしまうことではない。症状がおこる心のからくりを知ったことが重要なのだ。この神経症というのは、誰がいつなってもおかしくない病気なのだ。ただ普通の人はそれを病気とは思わない、あるいは感受性が乏しくて全く無視しているのだ。その点から見て、神経症の人は感受性が豊かで向上心が強いといえる。君はこの症状と生涯付き合ってゆかなければならない。その中で何事もあるがままに受け止め、為すべきことを為してゆくことが、すでに治っているということなんだ。ビートルズのレット・イット・ビーさ」

「先生、有り難うございます。心が開かれた思いです」

「君の場合は、症状としては軽い方だから心配には及ばないよ。けれど、どうしても症状に気を取られてしまうときの用心に薬を出しておこう」

医師は二種類の薬を手に取って説明した。

「この青い方は元来、胃潰瘍の薬として用いられてきたものだが、後に研究が進んで神経作用の安定をもたらすことが判明したのだ。そして、こちらの銀色の方はそのものズバリ精神安定剤だ。両方とも、いちばん少量のもので大丈夫だろう。錠剤だから飲みやすいしね。あとで処方箋を持って、調剤薬局へ行ってくれたまえ。……ああ、そうだ。もう一つ君に言っておくことがあるんだ。忘れるところだったよ。君はもうこの病院に来る必要はないからね。次からは神経科の病院へ行けばよいのだ。ところで、君の住所はどこだったかなあ」

「A町ですけど」

「ああ、それはちょうどよかった。実は、僕の大学病院時代の恩人で、井上先生という方がK町で開業しているのだ。駅から近いし、君の所からでもそう遠くはないと思うが、これからはそこへ行けばよいだろう。但し、あくまでも君の気持ち次第なので無理強いはしないけれども」

「K町ならば僕の所から電車で一駅ですし、徒歩でも楽に行ける距離なので、そこへ行ってみることにします」

医師は笑みを浮かべながら、二度首肯《しゅこう》すると言った。

「落合君、診察はこれで終わりだ。僕から井上先生宛に、君の症状についての書類と委任状を書いておくから、受付で貰ってくれよ。それと処方箋もな。頑張るんだぞ。それじゃ、元気でな」

落合は医師へ向かって、丁重なお辞儀をした。心の底から感謝の気持ちが溢れてきて、言葉にはならなかったが、お辞儀の形となって現れたのだった。

落合は自分以外に誰もいない待合室で、十五分ほど待っていた。しかも最前列の長椅子で堂々と。受付の女性事務員がわざわざ落合の所までやって来て、一つは書類と委任状の入った封筒、もう一つは処方箋について簡単な説明をしたうえで手渡した。落合が立ち上がってお礼を述べると、事務員も爽やかな満面の笑みをたたえて、「おだいじに」と言って受付の部屋へ戻って行った。落合は気持ちよく病院を後にした。

病院を出て駅の方へ歩いてゆくと、途中に保険調剤薬局があった。落合はそこへ寄って処方箋の薬を二週間分受け取ると、ちょうどラッシュ時の満員電車に揺られて帰って来た。行くときには、震える身体と滴《したた》る脂汗に苦しみを覚えていたのに、帰りはほとんど悩まされることはなかった。人間の心の繊細さを改めて知る思いであった。

落合は部屋に戻ると、好奇心も手伝ってすぐさま二種類の薬を一錠ずつ飲んでみた。十分も経たないうちに、何か身体の内部から不思議なエネルギーみたいなものが沸き上がってくる。いつもの憂鬱《ゆううつ》な気分が消滅して、昆虫が脱皮するように新たな生命体に蘇ったような気分に浸っていた。この薬が魔法の薬に思えてきた。

「俺は生まれ変わったのだ。そうだ……そうだ……俺は生まれ変わったのだ」

落合は歓喜に満ち溢れて思わずそう叫んだ。今までみたいに、部屋に籠もってびくびくしているのがもったいなく思われてきた。時計は七時をちょっと回ったばかりである。落合は夕食を取っていないことに気付いて、外食することに決めた。コンビニの弁当ばかり食べていたので、もう飽きてしまっていたときでもあった。落合はダウンジャケットを羽織ると、久しぶりに人通りの多い夜の街へ出掛けて行った。

駅へ通じる鉄道の高架下には、昨日まで憎らしげに思われていた自動車の行列が続いていた。その行列からは嘲笑も侮蔑も何も感じられなかった。ただの無機質な鉄の固まりが並んでいる、それだけだった。落合は先を急いだ。目の前に高架下の二階建ての商店街が見えてきた。中に入ると明かりに目が眩んで、人々の姿が一瞬消えてなくなったかのような錯覚にとらわれた。都会の人込みの匂いが快く感じられて、心がうきうきしてきた。ここに来るのも二年半ぶりだ。いつもは高架下の途中から、人通りの少ない脇道へ逸れて行くのだが……。商店の三分の一は別の店に変わっていて、落合はどの店で夕食をしようか迷ってしまうほどだった。一階をひと通り歩いて人込みに酔いしれると、エスカレーターで二階へ上がってみた。商店街を戻る方向に歩いてゆくと、ちょうど真ん中ほどの右側に和食の店があったので、そこへ躊躇《ちゅうちょ》なく入っていった。

店内は意外に狭く、五、六人座れるカウンターと二畳敷の座敷が二つあるだけだった。座敷はすでに客で埋まっており、カウンターが二人座れるほどであった。落合は入口に一番近い席に座った。暖簾《のれん》ごしに、通路を往来する人々の腰から下の姿がよく見える。女将さんがお茶とお絞りを持ってきたので、落合はメニューの中からトンカツ定食を注文した。二十分ほどで定食は運ばれてきたが、トンカツの大きさと山盛りのキャベツのボリュームに圧倒されていた。今までの落合ならば箸を持った瞬間から手が震えだして、ご飯が食べられないばかりか、トンカツの肉さえつまみ上げることができなかったであろう。

しかし、その夜は違っていた。全く震えないのである。そればかりか、隣席の客とややもすれば肘がぶつかりそうなくらいくっついているのに、何の苦も感じないのである。自分の感覚が麻痺《まひ》してしまったかと疑いたくなるほどだ。

平然と定食を食べ終わると、落合は久しぶりの満腹感に浸っていた。

「お愛想」と、厨房にいる女将に一言投げて勘定を済ますと、人込みから遠ざかるのが残念であったが、商店街を後にしてアパートへ帰った。

部屋の安物の目覚し時計は、午後九時までに五分あった。落合は病院で診察してもらったことや、人込みで久しぶりの悦楽に酔いしれたことなどを思い返していた。今日という日は自分にとって生涯忘れられないばかりでなく、第二の生誕日となったことは記念すべき重大な出来事だった。人間にとって自分の苦悩や迷いや秘め事を何一つ隠すことなく他人に告白することなど、一生に数度あるかないかである。それほど、人間てやつは他人との関係を円滑にするために方便を語り、自己も他人も欺《あざむ》いているのだ。

しかし、人間とは面白いもので、肉親や近しい血縁者や親友とやらには衷心《ちゅうしん》を話すことはまず全くないといえる。不思議なもので、自分が絶望し、捨て去るものもなくなってしまったときに、全くの赤の他人が告白すべき相手として選ばれるのだ。

落合は疲労感におそわれていた。それも当然なことといえる。二年半ぶりに電車に乗り、症状と闘いながら病院に辿り着き、赤の他人に自分の恥辱をさらけだしたのであるから。確かにカウンセラーや医師に、自分の症状の心のからくりを教えてもらったときは、明らかに目の前が開けた思いであった。が、今思い返せばそれは、人間の本来持ち合わせている、人間関係に対する信頼の念がそうさせたのではなかったのか。人間にとって最も重要なのは、コミュニケーションなのだ。この二年半というもの、俺に全く欠如していたものこそコミュニケーションだったのだ。落合は極度の睡魔におそわれ、そして敗れて眠ってしまった。

翌朝、落合は八時半に目を覚ました。万年床にいつ潜り込んだのか全く記憶になかったが、こうして目覚めてみれば確かに布団の中にいた。無意識裡に身体がかってに動いたのだろう。カーテンの掛かっていない小さな窓の方から、白い陽射しが射し込んでくる。それがまともに顔を照らしているのだからたまったものではない。起きたくなくとも起きざるを得ない。昨日の疲れがまだ身体に残っているのか気怠《けだる》い感じがしたが、のろのろと起き上がると顔を洗った。まだ意識が朦朧《もうろう》として、身体中が熱を発しているようだった。落合は甘めのインスタントコーヒーを作ると炬燵を点け、壁に背をもたせ掛けて煙草を吸った。

そして、これから自分は何をしてゆくべきかを朧気《おぼろげ》に考えはじめた。とにかく現在の密室生活から一歩抜け出し、社会の一員とならなければならない。では、もう一度大学受験をするのか？　いや、もう大学へ行く気持ちはさらさらない。それは逃避ではないのか？　違う！　学歴がなくとも独学して立派な人間になることはできる。大学へ行かなかったから社会の落伍者になったのだ、などというのは自己を反省しないもとから心の腐った奴が言うことだ。全ては自己の責任なのだ。責任転嫁したからとて、良心に傷がつくだけの話だ。俺は地位や名誉や金が欲しくて生きているのではない。いや、病院に行く前の俺はそういうものが欲しかった。

しかし、今の俺は違う。平凡でもいい、生きてゆければそれでよいのだ。本当にそれ以上は望まないのか？　平凡でもよいなんて言う奴は、もうすでに平凡ではいられなくなった非凡人が、大悟したような顔つきでのたまう言葉なのだ。落合は煙草をもみ消すと腕組みをしながら考えた。俺はこの若さで、すでに二年半という時間を無駄にしてきたのだ。もう取り返そうとしてもできないのだ。時間は足音もさせなければ、話し掛けてもくれない。ただ不可視な流れを永遠に続けてゆくだけなのだ。ならば、俺が理想とする生き方とはどういうものなのだ。生涯を賭してやりたいものは一体何なのだ。……判らない！　俺は何をやりたいのだ。誰か教えてくれ！　馬鹿者め！　自分の生き方くらい自分で決められないわけがない。人に頼ってどうするのだ。……ああ、やっぱり俺は生きる価値のない人間なのだろうか。いや、この世に生まれて価値のない人間などひとりたりともいないはずだ。生まれてきたからには俺にしかできないことが、必ずあるはずなのだ。それは何なのか？……判らない。

落合は堂々巡りの思考をするのがやっとだった。どのみち人間は生き抜いてゆかなければならない。ただ例外として自殺する人間もいるではないか。俺には自殺はできない。なぜなら俺は人を愛したことがないからだ。自分のことしか考えられない人間だからだ。エゴイストに自殺はできないのだ。

落合はその日から三日間、メビウスの輪のような出口のない思考を繰り返していたに過ぎなかった。そして、三日間の思考の果てに辿り着いた結論は、まず自分にできることからはじめようという陳腐な答えだった。落合は手はじめに、K町の井上先生の病院を訪ねることにした。

その日は金曜日で、霙《みぞれ》まじりの雨が降っていた。落合は診察開始の九時に間に合わせるために、七時半に起きたのだった。身体が凍りつくほどに大気は冷たい。病院へ行くのが億劫《おっくう》に思われたが、自分のできることからはじめようと、気弱な心を叱咤《しった》したのだった。K町の駅までは落合の所から電車で一つである。三分しか要さないのだ。A町の駅までの徒歩時間と、K町の駅から病院までの時間を加えても二十分もあれば充分に間に合うはずだ。

しかし、問題は井上先生の病院がある場所について、K町の駅の南口から徒歩で五分くらい、ということしか判っていない点であった。まあ、どうにかなるだろうと落合は楽観的に考えるだけであった。井上先生宛の委任状の入った封筒と保険証をデイバッグに詰め込むと、落合は素早く薬を飲み八時半きっかりに部屋を出発した。

A町のプラットホームには、多くのサラリーマンやOLが、行列をつくって並んでいた。ラッシュアワーと少しずれている時間なのに、新宿方面行きの電車は二、三分間隔で人込みを吐き出しては、またそれと同等の人込みを飲み込んで発車してゆく。東京はあまりに人が多すぎる。落合は三本の電車を見送って、四本目に入ってきた電車に飛び乗った。入口付近は混雑していたが、吊り革の方は案外空いていた。どうせ一駅の辛抱だ。たった三分だ。落合は混雑しているドア付近で、両足を踏ん張りながら身体のバランスを保つことに神経を集中していた。そうこうするうちに、落合の身体は一群の人込みと共にK町の駅のプラットホームに押し出されていた。雑踏の流れに身を任せ、階段を降りて自動改札を出た。

「確か、南口だったな」落合は呟くと、駅前広場を突っ切って銀行の真正面に佇んだ。腕時計を見ると九時五分前だった。案外時間をロスしたな。九時の診療開始時間には間に合うまい。

しかし、病院のかなり近くまで来ていることは明白だった。落合は通行人に病院の場所を尋ねようと思ったが、冷たい雨が降りしきる中を人々は傘で身を隠すように急ぎ足で落合の前を通り過ぎる。落合は人を頼るのをやめて駅の周辺をきょろきょろと二、三度眺め回すと、当てずっぽうに歩きだした。銀行から五十メートルほど行くと小さなT字路があった。左は駅に通ずる道らしい、右へ行くと住宅街へ向かうようだ。落合は右を選択して十メートルも歩くと、道端に病院の看板を見つけた。そこは小さな五階建てのビルで、三階の窓ガラスに井上クリニックの黒い文字がはっきりと書いてあった。ははあ、駅から広場を突っ切らずに、左側の道を迂回したらそのままこの道に通じて、結局その方が早かったのか。落合はひとり納得していた。エレベーターで三階に着くと、一メートル先が入口だった。

クリニック内は三つの診察室と、受付兼用の医師の控室が全ての部屋であり、残りのスペースが待合所兼通路だった。通路には四人掛けのソファーが三つ置いてあったが、患者はまだひとりしか座っていなかった。落合は受付へ行って、看護婦に委任状と保険証を差し出した。看護婦はやわらかい口調で尋ねた。

「落合さんは初診ですね?」

「はい」

「判りました。只今、井上先生は診察中ですので、お掛けになってお待ちください」

落合は言われるままに、ソファーに座って待つことにした。すると、控室から五十半ばの黒縁眼鏡をかけた医師が、もうひとりの患者の名前を呼びながら第二診察室へ一緒に入って行った。落合は最初、その医師が井上先生かとも思ったが、よく考えてみれば看護婦が井上先生は診察中だと言ったのであるから、別の医師に違いなかった。ならばこのクリニックには何人の医師がいるのか興味がわいてきて、落合は受付へ行って聞いてみることにした。

「すいません、ちょっとお訊きしたいことがあるのですが」

「はい、何でしょうか?」

「このクリニックには、何人の先生がいらっしゃるのですか?」

「曜日によって医師は代わりますが、常に二人おります」

看護婦はそう答えると、手元に置いてある葉書大の印刷紙を落合に手渡しながら言った。

「この紙に曜日ごとの担当医が記してありますので、これをご覧下さい」

落合はお礼を述べると、元のソファーに戻ってその紙に目を通した。木・日曜と祝祭日が休診日で、残りの曜日は井上先生が常勤で、その他に三名の医師が交替でローテーションを組んであった。そして、受付時間は午前が九時から十一時半で、午後は一時半から四時までであった。

そうしている間に、第一診察室から四十半ばのやせ細って青白い顔色の婦人が、気怠そうな足取りで出てきた。婦人は受付に一番近いソファーに座り、ハンドバッグからハンカチを取り出して口に当てると俯いてしまった。一瞬、落合は、精神病院で見かけた彫像のような若い女性を思い浮かべたが、婦人の所作には特別気に留めることはなかった。

十五分ほどしてシルバーグレーのスーツを着た三十前後のサラリーマン風の男が、受付に姿を現した。男は患者とは思えない横柄な態度で、看護婦に向かって処方箋だけくれるよう交渉していた。男が看護婦から手渡された問診表に何か記入していると、その時間を利用して看護婦は落合の名を呼び、第一診察室に入るよう伝えた。

落合が入った診察室は六畳ほどの広さで、事務机と診察台の他に、三脚の椅子と専門書の並んだ書棚が置かれてあった。落合が書棚の本を椅子に座りながら眺めていると、還暦を少し出たくらいの頭の禿げ上がった、恰幅《かっぷく》のよい医師が入ってきた。落合は椅子から立ち上がると、医師に向かってお辞儀をしながら言った。

「おはようございます、宜しくお願いします」

医師も挨拶すると、机の前の椅子に座りながら落合にも腰掛けるよう促した。

「君が落合君といったかな？　私は井上といいます」

医師は机の上に広げた委任状を見やりながら質問した。

「私の後輩がいる病院へ行ってから数日しか経っていないが、その後の症状はどんな具合かね？」

「薬が効くので、ほとんど症状は気にしなくて済むようになりました。でも時々、人の視線が気になることはあります」

「まあ、この病気は完全に治るということはないが、君の症状が薬によって多少抑制されることはある。なにしろこの病気は、君の気持ち次第でどうにでも変化してゆくものだからね。ところで、黒田先生は元気でやっていたかかな？」

落合は黒田という名前をはじめて聞いたので、途方に暮れてあっけに取られていた。返答のしようもない。困り果てている落合の様子から、井上先生はあるものを察知したかのように口もとを綻《ほころ》ばせながら言った。

「この委任状を書いてくれた医師だよ。彼の名が黒田というんだ。君はあの病院へ行って担当医の名前も知らなかったのか。はっはっはっ……」

井上先生は、身体をのけぞらせながら哄笑《こうしょう》した。落合は何か重大な過失でもおかしたように恐縮してしまった。そして、その場を取り繕《つくろ》おうとしてお座なりの言葉を発した。

「そうでしたか。あの医師が黒田先生だったんですね。えへへ……。黒田先生なら元気なご様子でした。僕にとっては、かけがえのない愛すべき先生です」

「そうか、それは良かった。彼はまだ若いのに学識はあるし、経験も豊かだから将来が楽しみな医師のひとりだ。君は運がよかったよ。彼のような医師に診察してもらったんだからな。ところで、君は蟹股のことで悩んでいたようだが、黒田先生に診てもらってから何か変わったと思うようなことはあるかね？」

「はい、あります。神経症の心のからくりが判ってから、身体が震えても、人の視線が気になっても、あるがままでよいことを心掛けています。そうすることによって、自分というものを客観的に見られるようになったと思います」

「なるほど、君はもう治療する必要がないくらいこの病気を理解している。私は君に何もすることはない。現在では心の病も科学的治療法によって治す時代だから随分と変わったものだが、やはり心の根源にあるものは、人間同士のコミュニケーションの欠如にあるといっても過言ではないのだ。もちろん、私は科学的治療法を否定するものではないが……人間の深層心理の複雑さに関していえば、私自身も全く判らないというのが本音なのだ。人間は多くのしがらみの中で生きている。自分の思い通りになることの方が少ないのだ。いや、ほとんど無いに等しいくらいだ。そんな中で自己を実現していくことがどんなに困難かは、生真面目で純粋な人間ほど痛感しているのだ。君もそのひとりに違いはない。しかし、悲観的に考える必要は全くない。君が言ったように、あるがままの自然体で生きてゆくことこそが重要なのだからな」

井上先生は唇に笑みを浮かべながら、落合をじっと見つめていた。この若者はきっと強く生き抜いてゆけるだろうと確信しながら。

そして、付け足すように言った。

「君の場合は薬も必要ないくらい症状としては軽いほうなのだが、もしものとき、つまり症状が出そうだなと思ったときのために、準備として薬を持っていた方がよいだろう。薬は黒田先生が出してくれたもので充分だ。一度の通院で出せる薬の量は二週間分と決められているから、月に二度来てくれればよいだろう。それで今日は薬をどうするかね？　持って行くのかい？」

「お願いします。やはり薬を持っていると、安心できるものですから」

「そうか、それでは処方箋を書いておくから帰りに調剤薬局でもらってくれたまえ。また何か心配事があったらいつでも来てくれよ。それではな、おだいじに」

落合は井上先生に会釈すると、第一診察室から出て、受付の看護婦の所へ行った。

「落合さん、申し訳ありませんが、あと十分くらい待ってもらえますか。お時間の方はまだ大丈夫でしょうか？」

「はい、大丈夫です。別に急ぎの用事もありませんから」

落合は看護婦の済まなそうな表情に親近感がもてたので、言われるままにソファーで待つことにした。三つのソファーには、落合が診察中に来たと思われる三人の患者が、それぞれ一つのソファーにひとりずつ座っていた。それもそれぞれ片端に陣取って、ただのひとりも中ほどに座っている者はなかった。落合はその三人に倣《なら》うかのように、受付から最も遠い位置の片端に座った。その動作とほとんど同時に、受付から最も近いソファーに座っていた患者の名前が呼ばれ、落合がたった今出てきたばかりの第一診察室にその患者は入って行った。落合は待ち時間の手持ちぶさたを紛らわそうと、デイバッグの中にいつも忍ばせている文庫本を探したが、その日に限ってアパートへ置き忘れたらしく、ポケットティッシュが二つあるきりであった。仕方なしに両腕を胸の前で組むと、眼を瞑ってソファーに深く埋まった。

「落合さ～ん、落合さんはいらっしゃいませんかあ」

看護婦の叫ぶ声で、落合は意識を取り戻した。わずか十分くらいの間に、落合は熟睡していたのである。人と接して会話をすると、普段ひとりでアパートの部屋に籠もりっぱなしの彼にとって無意識裡に気をつかってしまうので、僅かの時間でも激しい疲労感を覚えるのであった。落合はソファーから飛び起きると受付へ行った。

「落合さん、はじめに保険証と処方箋をお渡しします。そして、これが診察券です。次回から来院されるときは、この券を受付に提出していただきますのでなくさないよう保管しておいて下さい。それでは、おだいじに」

看護婦は丁重な言葉遣いで話した。落合は看護婦から手渡されたものを急いでデイバッグに仕舞い込むと、クリニックを出てエレベーターでビルの一階に降りた。外は相変わらず冷たい雨が降っていたが、もう霙は混じっていなかった。心なしか雨も少し小降りになったような気がしていた。落合は保険調剤薬局を探すつもりでいたが、その必要は全くなかった。クリニックのビルから道を挟んで真向かいのビルの一階が薬局だったからである。井上クリニックへ来るときは全く気にもとめていなかったのに、自分の観察力のなさに改めて愕然《がくぜん》とする思いであった。落合は左右を確認すると、道路を急いで横切って薬局へ入り、処方箋の薬をもらうと駅へ向かって歩いた。

K町の駅の時計は十一時半を少し回ったところであった。落合はズボンのポケットから薬を取り出すと、人目につかないよう一気に飲み込んだが、胸の奥で薬がつかえるような違和感を覚えたので何度も繰り返し唾を飲み込んで、やっと胸の奥がスッキリした。

階段を昇ってプラットホームに上がると、ちょうど三鷹行きの電車が入って来たのでそれに乗ってA町の駅に戻ってきた。落合は今朝から一度の食事も取っていなかったので、駅前のほかほか弁当を買い、アパートへ帰り着いた。

落合は部屋着に着替えると弁当を食べはじめ、ほんの十分足らずで平らげてしまった。やはり食事の後は煙草の一服に限る。落合は煙草を吹かしながら暫し茫然と天井を見つめていた。すると、急に心臓の鼓動が止まりそうなくらいけたたましい音で電話が鳴り響いた。落合は不意打ちをかけられたように驚いて一瞬落ち着きを失ったが、急いで煙草をもみ消すと受話器を取った。

「もしもし、落合ですが……」

「もしもし、信一かい？　受験のほうはうまくいったのかい？」

「何だ母さんか。……びっくりさせないでくれよ。やるべきことは全てやったけど、けっこう難しかったよ。ひょっとすると、今年も危ないかもしれないなあ」

「そんなことでどうするの！　今年が最後だって言ってたじゃないの！　発表はいつなの？」

「今月の終わりだよ、二十八日」

「結果が出たらすぐに知らせておくれ、待ってるからね。きっとだよ」

「判ったからもう切るよ。じゃあ、またね」

田舎の母親からの電話に、落合はその場しのぎの返答でうまくかわしてしまった。落合は高校を卒業後上京してこの三年間、田舎の両親を騙《だま》し続けてきたのだった。予備校の授業料と毎月の生活費を全て両親から仕送りしてもらっていたのである。浪人一年目の半年間は真面目に予備校へ通い、志望校受験のために努力を惜しまなかったが、対人恐怖症に悩み苦しむようになってからは予備校へ通うことはおろか受験勉強さえやめてしまって、日がな一日、アパートに籠もりっきりの土龍《もぐら》生活を送っていたに過ぎないのである。勿論、両親に自分の病気に関しての説明などできるはずがなかった。自分が心の病にかかってしまったことを両親が知れば、悲嘆に暮れるばかりか、逆に両親の方が絶望し気が変になってしまうことが判りきっていたからである。

それで落合は一計を案じて、もう一年、さらにもう一年と浪人生活することを両親に納得させてきたのである。しかし、それも三浪が限度という期限を設けてのことである。落合は心の病にかかってから二年半の間、大学受験はきれいサッパリと諦めていたのであるから、両親に対して申し訳ないという自責の念に深く苛《さいな》まれていたのである。今年、受験に失敗したら、両親は田舎に帰ってきて就職することを要求するはずである。

しかし、田舎は人口一万にも満たない小さな町で、産業といえるものは観光であって、しかもほとんど就職口は無いに等しいのである。落合が両親に合格の吉報を知らせることはあり得ないのであるから、落合の立場はますます追い詰められることが明白であった。

この窮地にあって自分を信用し、いかに生き抜いてゆくべきか、それを考えている余裕はなかった。もう心の病を忘れ去り、どんなことをしてでも生活すること、人を頼らずに自力で経済的自立を成し遂げることが急務であった。これ以上両親を欺くことは、人間として最も恥ずべき行為である。落合は自己の内にある、人間が本来生まれ持った生への熱いたぎるような力を信じるより他はなかった。仕事をしよう、アルバイトでもいい、とにかく経済的自立のために自分のできることからはじめよう、全てはそれからはじまるのだ。落合はそう固く意を決すると、いつも足を運んでいたコンビニでアルバイトニュースを購入すると、アルバイトを探しはじめた。

Chapter 2

†

都内の大学二年生の原谷は、前期試験がようやく終わり、七月いっぱいの短期アルバイトを済ますと、心待ちにしていた夏休暇を満喫しようと伊豆の田舎に帰省した。ことさら何をしようという目的もなかったが、文学部に在籍している彼には読書が何よりの楽しみだった。家が海から百メートルと離れていないこともあって、子供のころから夏といえば水泳が代名詞のようになっていたが、高校に進学してからはその水泳も全く忘れてしまったかのようである。

帰省して数日経った湿気の多いうだるような暑い日、原谷は駅の近くにある書店へ文庫本を買いに出掛けたその帰り道で、ひとりの奇妙な中年男に声を掛けられた。白いものが混じり合った坊主頭の彼は、小柄で顔は浅黒く異様とも思えるほど短足で、その両足は大きく弧を描くように湾曲したO脚だった。右手に黒いボストンバッグを持ち、アヒルのようにちょこちょこした足取りで原谷に近づくと宿泊予定の民宿の道順を訊ねた。「海風荘」といって主人が小さな漁船で海の幸を獲ってきて、それをその日の料理に出すというのでこの辺りでもなかなか評判のよい民宿だった。原谷の家からそう遠くない防波堤に面した道沿いにあったので、その民宿まで案内することにした。

中年男は原谷の横をくっつくように例の歩調で歩きながら、物静かに話し掛けた。

「あなたは親切な人ですね。見ず知らずの私と一緒に行ってくれるのですから。……全く申し訳ありません」

「とんでもないです。小さな町ですから、どこにどんなものがあるかくらいはほとんど判っていますから、当然のことですよ」

「私は落合といいます。東京から来たんですが、ここは美しいところですね。住むにはもってこいです」

夏の観光シーズンになると、この小さな田舎町の人口は二倍にふくれあがり、主に関東方面からの町の地理に疎《うと》い観光客でごった返すから、道順を訊かれることには原谷も馴れていた。

「海風荘」に着くと、落合は哀願するような目つきで言った。

「実は私はある人を探しに来たんです。どうしてもひと目会いたくなりましてね。お手数をかけますが、どうでしょう、私と一緒に探していただけませんか？」

原谷はあまりにも唐突な誘いだったので、どうしたものか迷いあぐねて返事もできずにいた。

「私は、ここに三泊する予定です。ご無理を言って申し訳ありません。私ひとりで探しますから、今、言ったことは忘れてください。どうも有り難うございました」

原谷は軽く会釈をすると「海風荘」を後にして家路を急いだ。

夕食後、原谷は自分の部屋に籠もって文庫本を読んでいた。しかし、二、三ページ進むと集中力が途切れ、今日出会った落合という中年男のことが脳裡をかすめて放心したように天井を眺めるのだった。そんなことを幾度となく繰り返すうちに、とうとう本を投げ出してしまい、落合が人探しに来たその人とは一体どんな人なのか、そればかりが気になって仕方がない。中年のオッサンがどうなろうと構わないではないか。ひとりで探すと言ったんだから。俺の知ったこっちゃない。原谷は落合の幻影を振り放そうとするが、なかなかそうできずにいた。仕方なしに自分の好きなロックグループのカセットテープをウォークマンで聴いているうちに、いつの間にか眠ってしまった。

翌朝、原谷は母親の大声で目を覚ました。

「いつまで寝ているつもり、いったい何時だと思っているの。もう九時よ。早く起きなさい！」

原谷は眠い目をこすりながら、しぶしぶと起き上がった。

「いくら夏休みといったって、だらけた生活をしてたら駄目じゃないの。お父さんも姉さんも、とっくに仕事に行ったんだから。ほんとに困ったものねえ。早くご飯にしなさい」

「うるさいなあ。判ったから今行くよ」

原谷は素早く朝食を済ませると、散歩がてら海へ向かった。気の早い観光客がすでに十数人も海水浴をはじめている。原谷は防波堤に腰を下ろして、それらの人々を見るとはなしに見ていた。すると港の方から見覚えのある足取りで、防波堤をこちらに向かって歩いてくる者がある。〝そうだ、あれは昨日のオッサンだ〟落合も原谷の存在に気付いたらしく、いっそう足早に防波堤から落ちそうなほど身体を左右に揺らしながら近づいてきた。

「やはり、あなたでしたか。昨日はどうも有り難う。また会えるとは思ってもみませんでした」

原谷は軽く会釈をしてからその場を立ち去ろうとしたが、昨夜のことが思い出されてぐずぐずしていると、落合が言った。

「今し方役場へ行ってきましたが、軽くあしらわれてしまいました。戸籍を調べてくれと頼んでも、委任状がなければ無理だとかで、第三者にはいっさい教えてくれないんです。困りました。私は何のためにこの町に来たんでしょう。全くの無駄足ですね」

落合の落胆ぶりがあまりに大きいので、見ている原谷も、自身が第三者だということを忘れて気の毒になってきた。二人並んで防波堤に座りながら、放心したように海水浴を楽しむ人達を眺めていた。言葉はなかった。ただこれからどうしたものか、互いの胸の中を全く異なった思いがめぐっていた。すると落合は海のほうを眺めながら、原谷に言うとはなしに言った。

「私の泊まっている民宿へ来てくれませんか？　あなたになら全てが話せるような気がしてきました。お願いします。どうかお願いします……」

最後は哀願する口調になっていた。

《この町に落合が流れ着いたのは二十二歳のときである。当初は旅館やホテルで皿洗いのアルバイトをしていたが一年ほどで辞め、それからは鉄屑収集で生計を立てるようになった。タイヤのパンクしたリヤカーを貰い受け修理して町内を回った。三、四年そんなことをして暮らしていると、町の人々は落合への同情心からか、リヤカーを引く彼の姿を見つけると、空き缶やら穴の開いた鍋を提供するようになった》

「私は人々から精神障害者だと思われていました。あんな生活をしている人は、町で私ひとりしか居なかったんですから。アルバイトをしているとき知り合った人達も、私が屑屋をはじめたときに、気が狂ったんだと言っていましたよ」

《落合がこの町に来て五年目の夏のことである。彼は鉄屑集めに行く途中、いつも白瀬川の土手を通った。白い陽射しが川瀬を磨いて鮠《はや》の鱗《うろこ》のように輝き、河原には茅の青い剣が群れをなして天を刺している。麦わら帽子を被った釣り人の頭上を、一匹の青筋アゲハが素直に舞う。そのとき落合は、蝉時雨《せみしぐれ》の中で確かに鼓の弾けるような音を聞いた。舞の音であった。「ポン」とひとつ弾けると、蝶がしなやかに「ふわ」と空を昇った。落合は蝶に誘われるように走り出した。両手で空を掻《か》きむしった。追いかけ回した挙げ句、漸《よう》くにして捕らえた蝶を落合は食べた。川の中であった。唇のまわりには青と黒の粉が光っていた。近くに居た釣り人は、悪夢でも見たような形相で逃げ出した》

「私がこの町へ来た理由は……ただ生きる場所が欲しかったんです。どんな世界でもいいから生きて居たかったんですよ！　人間てやつは不思議なものでねえ、他の人間とコミュニケーションがなくても食べるものさえ食べていれば、生きていけるものなんです。

しかし、そういう人間には向上なんて微塵《みじん》もありません。なぜって人間は、コミユニケーションによって成長する生き物だからですよ。私はいつも自分を高めたいと願っていたのです。だから鬱屈《うっくつ》した日々から、どうにかして抜け出さなければならなかった……毎日言葉を探しました。自分を励まし勇気を与え邁進《まいしん》させてくれる言葉を。

しかし、たとえ見つけたにせよ、何ひとつとして私の血肉とはならなかったのです。他人の目は批難《ひなん》と嘲笑に満ち溢れ、これでもか、これでもかと攻撃してくるのです。こんな人間に人が愛せますか？　私はいつしか、個人ではなしに人類を愛そうとしました。友人も肉親も行きずりの人も僧侶も売春婦も、みんなひっくるめての人類を……しかし、そうすることで一体どうなったのか……私は人生の傍観者になってしまったのです。自分をさえ傍観しているのです。……虚無……私は何者かによって揺り動かされる日を待ちました」

園長の相川静江は五十二歳で、この町のミッション系の幼稚園に赴任して三年目を迎えていた。布教活動に力を入れる一方で、障害者福祉施設の建設を町民に訴え続けてきたのである。その相川が白痴の浮浪者の噂を聞いたのは、新任の山本安美からであった。安美は都内の短大の保育科を今年卒業した、この町の出身者である。安美の話によれば、彼は蝶が舞いはじめる春先から初秋にかけての期間に、蝶を追いかけ、捕らえると食べてしまうということであった。そういう行為は健常者には全く理解不能であったから、彼は町民から白痴であると信じられていた。

しかし、相川と安美はそれについてどうしても確信が持てないのだった。なぜなら人に危害を加えたというような話は全く聞かなかったし、まして白痴ならば自分の住む掘っ建て小屋を造ったり、空き缶や鉄屑の収集をして生計を立てるなど不可能なことであったからである。相川と安美は是非ともその浮浪者に会い、社会復帰を説かねばならぬと考えた。

二人が来たとき、落合はうずくまって古ぼけたリヤカーの両輪に油を注《さ》しているところであった。頭には庇《ひさし》がとれて縁がほつれ垂れ下がっている麦わら帽子を被り、ところどころに穴の開いたランニングシャツからは、汗と埃で黒光りする痩せ細った腕と肩が剥き出しになっている。肉の削げ落ちた尻のあたりは、膝小僧の下から切り落とされた駱駝《らくだ》色のズボン下が弛《ゆる》んで垂れていた。二人は実際に目の当たりにする落合の姿に足が竦《すく》んでしまったが、このまま引き返すこともできず、彼に近づくと相川はこう言った。

「御免下さい、お仕事中誠に申し訳ないのですが、ちょっとお話がしたくてお伺いしました」

落合は額と頬骨の突き出た陽焼けした顔を振り向けたが、無言裡《むごんり》に立ち上がると掘っ建て小屋に隠れてしまった。

「あのー、ほんの短い時間で宜しいんです。お付き合い願えないでしょうか?」

相川が戸口に立って言うと、落合は薄暗い小屋の中から、

「帰ってくれ、こちらに用はないから帰ってくれ！　絶対もう二度と来ないでくれ！」

と敵意を剥き出しにして叫んだ。


夏休みで園児の居ない白百合幼稚園は、閑散としている。相川と安美は、園舎と廊下続きになっている礼拝堂で、先ほどの件を思い浮かべながら落合について話し込んでいた。

「あの人には肉親がいないのかしら、もしそうだとしたら可哀相ね」

安美は小作りな化粧気の全くない顔を暗くして呟いた。

「園長さん、昔、伊豆というところは流刑地の一つだったでしょう。もしかしたらあの人は、過去に犯罪の経験があるのかもしれませんね」

「安美さん、軽率な憶測でものを言ってはいけません。それにしても、あの人の怯《おび》えたような鋭い目には、何か隠されていそうよ。決して悪い人だとは思えないんだ

けど……何か変よね」

相川はこの三十年来、様々な福祉事業に携わってきたから、たくさんの心身障害者にも触れ合ってきた。しかし、その度毎に人間の心の奥に潜む不可解な領域の広さに驚くのであった。

「園長さん、私、明日も行ってみます。あの人が心を開いてくれるまで、行かなければならないと思うんです」

「そうね、あなたならきっとできると思うわ。私もできるかぎり行ってみるつもりよ。でもあなたも知っての通り、ここのところ障害者福祉施設の件で手一杯なの。町の協力を求めてもなかなか費用が下りないのよ。この町は三年前にリゾート開発会社との取り引きで不渡りを出したでしょ。それだけで数億円の赤字なんだから、予算の遣り繰りが大変なのよ。でも、挫けてなんかいられないわ。あの人、放っとけないものね」

相川は慈悲深い安美の情熱に励まされたように、自らの卑屈さを戒めたのである。

落合信一は、暗鬱な疲れ切った目つきで原谷を見やったが、すぐに俯いてしまった。そして、おもむろに煙草を取り出すと吸いはじめた。原谷は彼の語るところをすべて信じたわけではなかった。なぜならひとり旅の侘しさから暇を持て余し、旅先の通りすがりの人を相手に作り事を話すという例えは、よくあることであったからである。

それにしても、その話は旨くできていた。幼稚園というのは〝白百合幼稚園〟のことであろうし、また福祉施設というのは五年前に開設された〝光の家〟であるらしい。だが、原谷が彼を全的に信じられなかった第一の理由は、彼がかつては浮浪者であった点である。

「大きな紙袋を提げてきました。中には衣類・毛布・食料などが入っていました。私へのプレゼントだって言うんです。サンタクロースが真夏にやって来たようなものですよ。世の中〝捨てる神あれば拾う神あり〟っていいますが、本当は嬉しかった。しかし、私は二人の善意に背《そむ》いて、直ぐに追い出してしまいました。翌日も翌々日も二人は来ました。でも、私は最初の日と同様に、追い返してしまったのです。そして、四度目に安美さんはひとりで来ました」

《落合は安美の熱意に心を打たれた。しかし、粗末な掘っ建て小屋の住人の、一体何が面白くてやって来るのか、落合には全く判らなかった。小屋は町の中心から一キロくらい北に離れた岩山の陰にあった。近くには清澄な白瀬川が流れているのに、小屋の脇には、かつて農業用水路で今は生活排水路になっているドブ川が流れていた。夏場は特に悪臭がひどい。そんな所へ安美は、飽きもせずに足を運んだのである》

「御免下さい。また参りました」

安美は弾むようなよく通る声で、いつもそう挨拶した。

「もう来るなって言ったろう！　あんたもしつこい女だ。一体、俺の何が面白いんだ、さあ、帰ってくれ！」

落合は相変わらず拒絶反応を示し続けて、まだまだ心を開いてくれるような様子ではなかった。

しかし、判然としたことは、白痴と思われていたこの人が、健常者と全く変わらぬ頭脳を持っていたことだった。

「私は山本安美という名前ですが、あなたは何というのかしら？」

安美の屈託のない笑顔に、落合は暫く沈黙を保っていたが、蚤《のみ》でもいそうな丸められた毛布や筵《むしろ》をごそごそ掻き回すと、一冊の大学ノートを探し出した。落合は表紙を指さして、そこに書かれている文字を安美に読み取らせた。

「おちあい・しんいち、端緒《たんしょ》」

安美は表題の二文字の意味が、ノートの内容とどんな関係があるのか興味深く思われたので、見せてくれるよう頼んだ。しかし、落合はそのノートを邪険《じゃけん》に小屋の隅っこに放り投げてしまった。

その後で彼は、

「あんなもの、もう俺には役立たずだ。吐き気がする。あんなものをずっと拝み続けてきたおかげで、俺はこんな有様になったんだ」

と、憎悪を込めて吐き捨てるように言った。

「だからこそ見たいの。あなたのことをもっと知りたいのよ。あなたは現実から逃げているんだわ。自分のことを誰も理解してくれない、自分の悩みなど判ってたまるものか！　そんなふうに思っているんじゃないの。あなたはこれまでに、自分から積極的に判ってもらおうとしたことがあるの？」

「うるさい、黙れ！」

落合は自分がすでに承知していて、それが実行できないできたことを安美に指摘されたので、燻《くすぶ》っていたものが一気に吹き出してしまった。

「あんたに何が判るっていうんだ。俺だって望んでこんな生活をしてるわけじゃない。もっとまともな、皆のように多くの人間と話して自分を高めたいんだ。でも、その皆という人間は自分を守ることしかしないだろう。何でもかんでも、生活のためだといってその枠から一向に出ようとしない。自分を高めるんじゃなしに、生活を高めているんだ。その結果いったいどうなるのか……」

落合は自ら発した問いに窮するように、眉根に深い皺《しわ》を刻んだ。

「俺は自分を高めることだけを考えてきた。それが唯一、日常生活の決まりきった枠を超えられる手段だと思ったからだ。ところが、自分を高めるというときの高さに限界があることを知った。どんな高い山にだって限界があるように……。ではなぜ、登山家は世界最高峰を極めてもなお登山を続けるのか？　彼らにとって山はエベレストだけではないからだ。数限りなく山は存在するからなのだ。俺にとっての山とはいったい何なのか？　それは俺以外の人間なのだ。俺の高さの限界を取り除いて、新たな可能性を見いだし得るのは、〝献身〟なのだ。人々に尽くすことだ！」

安美は、落合の熱弁に気圧《けお》されてしまった。彼の言うことは、苦く、しかも深い体験から発しているだけに説得力があった。

しかし、安美の純朴さは落合を認めつつも、まだ何か粘りつく疑念を拭いさることができなかった。

「それで、あなたは人々に何か尽くしたんですか？」

「いや、俺にはできなかった。〝献身〟の意味を自分に都合よく変えたんでね。つまり日常生活の枠にとどまりながら、人々に尽くす方法が見つかったんだ。それは自分を果てしなく落とすことだよ。逆ピラミッドの最下点に下りることだ。町の人々が俺のことを何て言ってるか、あんたは知ってるだろう。馬鹿だ、狂人だ、乞食だ、浮浪者だ、人間が最も嫌がる醜《みにく》い形容の全てが、俺には当てはまるんだ。皆、俺の汚い姿を見て、自分はあのようになってはならないと反省するだろう。せめて、人並な生活が欲しいと思うはずだ。それこそが俺の献身なのだ。偽りの献身だ」

安美には、落合がなぜそんなにまで自分を虐《しいた》げなければならないのか、判らなかった。サディスティックでさえある彼を、安美は嫌らしいと思った。

暫くのあいだ、二人を静寂が包み込んでいた。落合は下痢でも起こしたように捲し立てたので、脳髄に大きな空洞が開いてでもいるかのような疲れきった表情をしていた。しかし、鋭い目だけは安美の細かな仕草をも、見逃さないという神経質な輝きを放っている。沈黙が長引くにつれて、落合の目は狂気の怪しさを帯びてゆく。瞳が瞼の裏側に半分以上隠れ、白い部分が異様に黄ばんでいる。すると突然、落合は俯いて何か考え込んでいる安美に襲いかかった。安美は力の限り足掻《あが》き、大声をあげ、抵抗したが、男の力に敵《かな》うはずもなく、強引に落合の虜《とりこ》となったのである。

†

園長の相川はここ三日、幼稚園に顔を見せていなかった安美を案じて、電話一本で済ませるところを、わざわざ彼女の自宅まで様子を伺いにいった。玄関先に出てきたのは、相川とほぼ同年輩の母親だった。彼女の話によると、安美は三日前から頭痛がすると言って二階の自室に閉じ籠もったきり、食事も取らず、トイレとお風呂のとき以外には家族の前に姿を現さない、ということであった。今朝になって判ったことであるが、三日前に、安美の泣きながら帰ってくる姿を祖母が目撃していたのである。だから頭痛というのは口実で、本当の理由は他にあるはずだと母親は言うのである。相川は三日前に、安美がひとりで落合のところへ行ったのを思い出していた。すると、あの掘っ建て小屋で何かがあったに相違ないのである。相川はどうしても安美に会って事情を聞かなければならないと思った。

安美の部屋のドアを幾度ノックしても、彼女からは何の応答もなかった。

「安美さん、相川です。ちょっと顔だけでも見せてくれないかしら」

そう呼び掛けてもドアの内側は静まり返っている。

「安美さん、あなたが来てくれるまで、私は毎日礼拝堂で待っています。落ち着いたらきっと来てちょうだい、待っていますからね」

相川は生真面目な安美の性分を考えると、思い詰めて自殺でもしかねないという不安が脳裡をよぎり、直ぐさま打ち消さずにはおれないのだった。安美の生真面目さを前向きに信じるしかないのである。相川はその消極さに苛立ちながらも、安美の勇気ある決断を礼拝堂で祈ることにした。


幼稚園の夏休みも余すところ二日という日に、いつもは血色のよい顔が蒼白く思われるほど憔悴《しょうすい》しきった様子で、安美は礼拝堂へやって来た。足取りは重く、まだ残暑が厳しいというのに、薄手の白い長袖ブラウスを着ていた。しかし、額には汗粒一つ浮いていないのである。相川は狭い礼拝堂の最前列の席でうとうとしはじめていたが、人の気配を背後に感じ取ると急に振り向いた。そこには安美が立っていたのである。相川は、安美を信じて五日のあいだこの礼拝堂に毎日通ったことが報われたという喜びと、安美の無事な姿を見られた安堵感で、無意識裡に涙が視界を滲ませるのを拭おうともせずに任せていた。言葉は互いの胸深くに蘇っていたが、音声として発する必要は全くなかった。安美は相川の隣席に座ると、軽く微笑んだ。それは歪んで精神の表裏の表側がぺろりと捲《まく》れ上がって、裏側の素地が剥き出しになったようである。相川はいたたまれない思いを隠しきれないでいたが、

「よく来てくれたわ、待っていたのよ。本当にありがとう」

と言うのが精一杯であった。安美は俯き加減に頷くと、固い意志に支えられているように、少しも物怖じすることなく、明確な口調で語りはじめた。

「ご心配かけて申し訳ありません。でも、今はもう大丈夫です。全てお話します。……私あの日、あの人に抱かれたんです。あの人が悪いんじゃありません。あまりにもあの人が卑屈なものだから……男なら私を黙らせるくらいのことができないの！　……つい、言ってしまったんです。あの人に火を点けたのは、私のほうなんです」

相川は安美の健気さに首肯するより他はなかったが、その心中を察すると、落合に対する激しい憤《いきどお》りが沸き立ってくるのであった。

「安美さん、あなたの言い分はよく判るけど、あの人を庇《かば》うのはあの人のために何の役にも立たないのよ。本当は、レイプされたのね」

相川は安美を刺激しないように、できるだけ優しい口調で言った。しかし、その配慮に反して、安美は興奮の度を最大に表すと、

「違います。あの人は潔白です。園長さん、私を信じてください。お願いですから……」

と言ったが、後は言葉にならず、大粒の涙が溢れるばかりであった。

「御免なさい、あなたを信じますよ。神に誓って信じますよ」

相川も激しく頬を濡らした。

翌日、安美はまたひとりで落合のところへ出掛けた。このことを相川に言えば、必ず彼女は同行するはずであるから、これは内緒の行動なのである。安美は落合の

仕打ちに対する最善の策は、本当の献身しかないと思った。あの日、落合が自分の悲惨な生活を自嘲的に偽りの献身と言った態度に、救いの道が開かれていると確信していた。

ところが、掘っ建て小屋には落合の姿は全く見られなかった。多くの藪蚊《やぶか》が安美の細い腕や整った顔に群がってくる。その音だけが虚しく響いてくるだけである。鉄屑収集に出掛けているのであれば、ここにリヤカーがあるのは変である。一体どこへ行ったのだろうか。安美は落合に裏切られたと思ったが、性急に断定はできない。

しかし、その予感は安美の情熱に冷水を浴びせる形となった。彼女は薄暗い小屋の中を眺め回していると、隅っこの方に粗末な木箱を見つけた。それは、落合が拾い集めた板きれで作った物らしかった。その中には、あの日落合が投げ捨てた大学ノートが一冊入っていた。安美はノートを拾い読みしたが、そこには断片的な屈折した言葉が綴られていた。〝俺は三年間の東京生活のうち、二年半を神経症で苦しんだ。人とのコミュニケーションの断絶のために、自分を嘘で武装した。妄想世界の住人となり、何もかも現実が信じられなくなった。自己存在……何のために生まれ、何のために生き、何のために死んでゆくのか。自分とは何者ぞ！　……判らない〟

〝鉄屑収集をはじめてから、俺は随分と気分が楽になった。世間の人間が俺を白痴と信じているかぎり、武装する必然性がなくなったのだ。裸のまま、ありのままの自分であればよい。社会的・経済的位置は最低辺であっても心は自由だ。俺は無意識裡に、あるがままの自己を実現していたのだ。心の武装を解除し、捨て去ることで、神経症のまま神経症ではなくなっていたのだ〟

〝今日、安美という女を抱いてしまった。何て卑劣な行為だろう。俺は犯罪者だ。自己嫌悪に陥っている。お前みたいな人間は、早急に死ぬべきだ。存在している意義が全くない。俺は廃人に成り下がったのだ。しかし、俺はどうしてあんなことをしでかしたのだろう。安美が憎かったからだろうか？　それとも好きになったから？　全く判らない。ただあのとき、俺には安美が蝶に思えた。暗い林に紛れ込んだ一匹の蝶が、シダやコケには美しすぎたのだ〟

安美はその小屋を出ると眩暈《めまい》がした。陽射しは容赦なく照りつけた。安美の脳裡には色々なことが去来した。落合は、一体どこへ行ってしまったのか？　そして、あのノートの最後に書かれていた蝶とは、落合にとって何であったのか？　また、なぜ自分をどんどん追い詰めなければならないのか？　もしや、自殺でも……そう思うと激しい動悸とともに、不安や焦燥が増してくるのであった。安美はいつの間にか急ぎ足で、幼稚園の礼拝堂へ向かっていたのである。

礼拝堂の祭壇の脇に十畳ほどの部屋があって、普段そこは、園長の相川が書斎として使っている所である。しかし、一方では相談室と呼ばれていて、保育士や園児の父母や町民の悩み事が持ち込まれる部屋でもあった。

相川はそこで読書に耽っていた。安美は今し方落合のところで起こった件を、熱っぽく相川に説明した。すると、相川は平然としてこう言った。

「大丈夫です。あの人は自殺なんてできません。そういう人なんです。人を愛せない人に自殺なんてできるもんですか。あの人はどこか別の町へ逃げたんです」

「園長さん、そうじゃないんです。あの人は自分を高めたい、そのためには献身が必要なんだって言ってました。契機さえつかめれば、きっと立ち直れる人なんです。私は、あの人を信じています。たとえ逃げたにしても、必ずどこかの町で生き続けてくれるはずです」

「安美さん、あの人はあなたに乱暴した人ですよ。本来なら警察に訴えてもよかったんです。それをしなかっただけでも、恩があるのに……。世の中には、こちらがいくら尽くしても報われない人がいるんです。諦めるより仕方ありません」

安美は相川の弁に納得がいかなかった。自分だけでも落合を信じていたいと思った。安美は、相川の信仰に疑問を感じはじめたのである。それ以上は話す気になれず、その部屋を出た。

†

落合信一は話し終わると、深い溜め息をひとつついた。原谷は、この奇妙な話に人の心の複雑さを改めて感じた。そのときである、落合信一が肩を小刻みに震わせて嗚咽しはじめたのは……。

「会いたい、何としても安美さんに会いたい」

何度もそう繰り返しながら……。

民宿の玄関口は、俄《にわか》に騒々しさを増していた。海水浴を終えた観光客が引き上げてきたのである。原谷がチラッと腕時計を一瞥すると、もう五時を回っていた。原谷は尚もむせび泣いている落合に、翌日、彼女を探しに行くことを約束して、その民宿を辞した。

原谷はその夜、なかなか寝つかれなかった。熱帯夜のためばかりでなく、落合の話の空白の部分である十五年間に、一体何があったのか、次々と想像しないではいられなかったからである。彼はこの町を逃げ出したあと、どこへ行って何をしていたのだろうか？　また、今頃になって山本安美を探し出して会うというのは、どんな心理作用が働いたのか？　たとえ彼女に会えたとしても、一体何ができるのだろうか？

しかし、彼女の消息は不明だった。そのことは明日になれば確認されるはずである。原谷は逸る心を鎮めようと思いながらも、明け方近くまで起きていたのを覚えている。

今日は母親が起こしに来なかったと見えて、目が覚めたときはすでに正午を回っていた。原谷は慌てて顔を洗い、着替えを済ますと、ご飯も食べずに落合の泊まっている民宿へ直行した。

落合も昨夜はなかなか寝つかれなかったらしく、目は充血して赤く、瞼も大きく腫れ上がっていた。

二人は駅ビルのレストランで昼食を済ませると、岩村地区へ行くことにした。原谷はその地区までバスを利用する方が最善だと説明したが、彼はそれが不満らしくこう言った。

「そこまで、どの位あるんですか？」

「普通に歩いて四十五分はかかります。バスなら十二、三分ほどで済みますが……」

落合は歩く方を選んだのである。原谷はこの真夏日の中を四十五分も歩くことを思うと、流石に疲れてしまい、昨夜の興奮が嘘のように覚めていくのを感じた。

岩村地区は町の北東の山間部に位置する、農林業を営む集落である。ここには江戸時代から敗戦まで、この町を治めていた山本家の豪邸が保存されている。この地区に山本姓が多いのも、その一族が集まっているからである。その豪邸も現在は郷土資料館として町民に開放されてはいるが、たまに観光客が訪れる以外は、ほとんど利用者はないのである。二人は九割が山本姓で占められるこの地区の、どこから訪ねればよいものか迷ったが、農作業に行く途中なのであろうか、たまたま通りかかった老翁に訊ねることにした。

すると、彼はこう応えた。

「そうさなあ、何年前になるかしらんが、おらが近くにそんな娘が居たなあ。町の方で幼稚園の先生してた……。もう嫁に行ったでねえか。古いことだから、よくは知らんが」

二人はその老翁から聞いた家というのを探し当てたが、これで真実が判明するとなると、何か不安で仕方がなかった。その家の前には、狭い土地を最大限に活用した、不定型の田圃が五十坪ほどあり、家の裏は竹藪が、小さな段々畑を覆っていた。田圃ではひとりの老婆が雑草取りをしている。原谷は彼女に、山本安美という人はこの家の者かどうか訊ねたが、彼女は原谷の言うことが聞き取れないらしく、ゆったりとした動作で二人のほうへ近付いて来た。

「何ですえ、もう一遍言って下さらんかね」

「この家に、山本安美という人はおりませんか？」

老婆は一瞬、訝しげな表情をしたが、

「それはワシの娘だが、どうかしましたかい」

と、山本安美の存在を肯定した。

「その人は今ここに居られますか、居るのでしたらお目にかかりたいのですが？」

「もう居ませんのです。嫁にいったでねえ。だけんど、あんたらはどこのもんですか？」

「町から来たんですが、安美さんはどちらの方へ嫁がれたんでしょうか？」

原谷がそう訊ねると、老婆は困り果てた様子で暫く黙っていた。原谷は何か失礼なことでも言ったのではないかと思い、彼女とのやり取りを反復してみるのであったが、別段そのようなことは話していないと確信した。

しかし、老婆は次第に敵意のようなものさえ浮かべ、二人を冷たく眺めるのである。

「あんたら、安美とどういう関係ですかいね。素性の知れぬ人に、教えるわけにゃいかんですから。帰って下さらんか」

老婆は少し腰の曲がった小柄な後ろ姿を見せて、また、草取りの続きをはじめた。二人は老婆の逆上した形相が、あまりに醜く思われたのと同時に、哀れな感じもした。原谷は彼女が何かを隠していると直感したが、これからどうしてよいのか、途方に暮れてしまったのである。そのとき原谷は、この僅かなやり取りのあいだに、落合が一言も参加していないのに気付いた。彼は原谷の後方で、身を隠すようにただじっと傍観していたのである。二人がここへ来たそもそもの原因は落合にあったのである。その当人が全く尻込みしてしまい、全てを原谷に任せて結果だけを横取りするような態度に、激しい憤りを感じた。

「あなたは、このままでいいんですか。安美さんに会いたくないんですか。何もしないなんて酷《ひど》すぎます」

その落合は放心したように、老婆のほうを見やっているのである。全てに絶望し、無気力になってしまった人が見せる、一種の白痴症状が如実に表れている。原谷は今度の人探しが無意味なものに思われてきて、張り詰めた水面に小石でも放られた気持ちになった。

するとと、落合は溜め息混じりにこう言った。

「やっぱり駄目だった。結婚していたんだ、結婚かあ」

原谷はそれを聞いて、落合がこの再会に重大な賭をしていたのではないかと、ふと考えた。根拠はない。

しかし、彼が十五年前の安美との出会いを今日まで抱き続けてきたその執心には、何か威圧するものさえ感じられたのである。落合は安美が独身を通しているのであったなら、結婚しようと考えていたのではなかったか。それが、彼にできる最上の罪の償いだと信じていたのだ。彼は、昨日の話によれば、自己を高める至上の行為は、献身だと気付いた人である。その彼が、はじめて実践に移ろうとしたのが安美との結婚ではなかったのか。

ところが、たった今その目的を失ったのであってみれば、原谷に一体どんな慰めが可能だろう。せめて彼女との再会でも許されるのであれば、多少は気が休まるであろうに……。原谷が、彼の失意の穴の深さを測るには、あまりに彼のそれは深すぎたのである。

落合は両肩を無造作に垂らし、頼り無い足取りでとぼとぼと歩きだしている。中年男のその姿は、あまりに惨めである。原谷はバスで帰ることを勧めたが、彼は一言「歩く」と力なげに言ったきり、さっき来た道を歩いて行く。人は悲嘆に暮れたり、迷いの渦中にいるとき、無性に歩きたくなるらしい。その果てに疲弊した肉体が、千切れた経帷子《きょうかたびら》のような精神を包み込むのを望んでいるかのように……。

原谷は歩きながらふと、相川のことが思い出された。彼女が現在も白百合幼稚園に居るとすれば、安美について何か知っていることを聞き出せるかもしれない、そう思うと落合に言った。

「幼稚園へ行ってみませんか？　あなたが話してくれた、園長の相川さんに会ってみましょう」

一瞬、彼の瞳が輝いたように思われたが、

「もういいんです。私は安美さんが幸せな結婚生活を送っていることが判れば、それ以上は何も望みません。予定を一日繰り上げて、明日帰ることに決めました。あなたには色々お世話になりました。感謝しています」

落合は弱々しく応えた。

「あなたは十五年ぶりにこの町へ来たんですよ。安美さんに一目会いたいと思いませんか？　このままでは心残りのはずです。ねぇ、行ってみましょうよ」

しかし、落合は軽く微笑んで、首を横に振るばかりであった。

原谷は駅前で彼と別れると、ひとりで幼稚園へ行ってみようと決めたのである。

その幼稚園は五年前に福祉施設「光の家」建設と同時に、竹原山の中腹に新築されたのである。竹原山は隣町との境界にあって、その端は海岸まで突き出ている、いわば断崖絶壁を形成する山なのである。その西側の町を見下ろせる位置に、幼稚園と福祉施設は建設されたのである。

園内は夏休みということもあって、人影は全く見られない。広い敷地を静かな涼風が吹き抜けてゆく。こんなに見晴らしのよい場所で、伸び伸びと教育を受けられる子供たちが羨ましい気さえしてくる。

原谷は受付の窓口へ行き、園長の相川の存在を確認すると、面会できるよう頼んだ。すると、原谷と同年輩の女性事務員は、

「相川先生なら裏の花壇で手入れをしていますが、直ぐ呼んできましょう」

と、親しげに言うと、原谷を応接室へ導いてからどこかへ姿を消した。

原谷が煙草を吸いながら待っていると、二十分くらいで園長の相川はやって来た。上品な物腰は、もう七十歳近いであろうその年齢を、全く気にさせないほど威厳に満ちているのである。美しくさえあった。原谷は丁重に挨拶してから安美のことを切り出した。

「十五年前の話なんですが、確かこの幼稚園に山本安美さんという人が保育士をしていたと聞きました。それは本当なんでしょうか?」

相川はふと怪訝そうに眉根に皺を寄せたが、直ぐにこやかになると、優しい口調で応じた。

「確かに居りました。その人がどうかいたしましたか?」

「はい、その人の居場所を知りたいんです。実は、ある人が山本安美さんを探しに来たんです。是非会いたいと言いましてね」

原谷は昨日落合から聞いた事情を相川に説明した。すると、彼女は俄に目を閉じて暫く考え込んでいるふうであったが、突然に開かれた瞳は険しく、しかも、鋭い光を放っていた。

「安美さんの言う通りになりましたわ。人間の一念とは、恐ろしいものですね。信じるってことは、恐ろしいものですね。安美さんの人生は、十五年前からはじまったのです。きっとそうですよ」

相川は誰ともなく呟くように言った。時間というものが不可視な流れを作っているとすれば、その流れの全容を見下ろしているようなある高みの空間に、原谷は居るような気がした。

しかし、そう感じられるだけで、相川の言う意味は何のことなのかさっぱり判らなかったのである。

「どういうことですか、それは？」

「安美さんは、あの人の子供を宿したんですよ。両親は勿論、私だって驚きました。堕すように勧めたんですが、彼女は頑として産むというんですよ」

安美は目立ちはじめたお腹を摩りながら言った。

「園長さん、この子は誰のものでもないのですわ……蝶なんです。空高く飛べる子供なんです。美しい花々が咲き乱れる野原を、自由に、優雅に、熱く、飛べる蝶なんです」

「何を言ってるの！　お腹の中の子は、あの浮浪者の子ですよ。その子の父親はどこに居るのかも判らない。しっかりしなさい！　安美さん、一体どうしたの！」

そう言う相川を、嘲笑的に安美は眺めているのである。そのとき、彼女は五ヵ月前の出来事を思い出している。

落合の汗臭い身体が、安美の柔らかい肌を滑ってゆく。あの激しい興奮は一体どこから沸き起こってくるのか判らない。彼の重みが深い悲しみに比例するかのように感じられる。

しかし、なぜ彼は安美を抱いたのだろう。

安美は家族の者と顔を合わせるたびに、言い争いになるのである。それがいつの間にか習慣のようにさえ思えてくる。安美が浮浪者の子を孕んだという事実の前で、それまでの平穏な人間関係が脆《もろ》くも崩れてしまうのは一体なぜなのか？　たとえ肉親であろうとも、結局は赤の他人ではないのか？

安美は暗澹たる日々を過ごしていた。というのも、安美が未婚の母になるという噂は、園児の父母たちを通じて町中に知れ渡っていたのである。父母たちの間だけではなく、同僚の保育士たちの間からも、安美の存在は煙たいものとなっていた。園長の相川も世間の冷たい目から、安美を庇いきれなくなっていたのである。

三月中旬のある日、相川は安美を礼拝堂へ呼び出すと言った。

「臨月まで後どのくらいあるの？」

「二ヵ月半ほどですけど」

安美は生き生きとして言った。

「もうそろそろ、出産に備えたほうがいいのじゃなくって。あなたの身体はもちろんだけれど、お腹の赤ちゃんのことも心配だわ。保育士の仕事は思いのほか重労働だから、今月いっぱいで辞めたらどうかと思うの。それで出産が済んであなたの身体が回復したら、また、仕事に戻ってもらえばいいでしょう。産休の間は代用の保育士さんに来てもらいますから、あなたは安心して出産に備えてください。宜しいわね」

相川は安美の同意を得たが、本心は、未婚の母となる彼女を、いつまでも放っておくことができなかったのである。園児の父母の不評もさることながら、町の教育委員会の圧力もあったのである。障害者福祉施設建設のため、町からの財政援助と理解がなければ、〝光の家〟の実現は難しかったのであるから……。

安美は小さな田舎町にあって、ただひとり自分の信念に忠実に生きているような人間になっていた。それはあたかも落合信一が町の人々に狂人扱いされ、それでもなおかつ鉄屑収集で生計を立てている姿に似ていた。安美はお腹の中で息づいている子供が、落合のそれであることに不思議な因縁めいたものを感じていたのである。

安美の生命に対するひたむきさに、根負けしたかたちとなった母親と園長の相川に付き添われて、六月のはじめ、出産予定日の一週間前に安美は町の病院に入院した。

安美はひとりになると、六畳ほどの個室で様々なことを夢想するのだった。

しかし、どうしても最後には、落合のことが気に掛かるのである。ひとりの浮浪者と出会い、その男の社会復帰を願い、何度も誠意を尽くしたのにもかかわらず報われなかった。口惜しいという気持ちと同時に、落合に対する自分の行為が、果たして誠意と呼べるものなのかどうか、疑わしく思われてくるのだった。単に愛を武器にした自己の傲慢さが隠されていなかったかどうか。ひとりの人間の屈折した心を開かせることが、どんなに困難を要するか。落合の〝献身〟という言葉を、何度も繰り返し自分に問うのだった。落合の子供を産もうとしているこの差し迫った時期に、安美の純真な心は動揺し、そして、その動揺の裏に潜む得体の知れぬ不安に押し潰されそうになるのだった。

園長の相川は、呆気に取られかえって無表情になっている原谷に向かって、さらに続けて言った。

　しかし、その言葉は苦渋に満ち、人間世界の虚無を露呈していたのである。

「男の子だったんですが……、それが死産でしたの。安美さんには本当に悪いのですけれど、私はそのとき、これで良かったのだと思いました。浮浪者にレイプされてできた子供が、一体誰に祝福されるというのでしょう。あなただってそう思いませんか？　産まれて来る子に罪はありません。安美さん共々、世間の冷笑的扱いに耐えて生きてゆかなければならないのです。私は神のお計らいに感謝したくらいです。もう一度、彼女はやり直せるのだ。新しい人生に立ち向かうことができるのだと」

　原谷は相川の弁に納得するものがあった。今でこそ落合は立派な社会人になってはいるが、当時の彼は町の人々から、白痴という嘲笑的存在として扱われていたのである。社会の落伍者として……。

　原谷は次の瞬間、自分の耳を疑わざるを得ない、運命の酷たらしさを突きつけられたのである。園長の相川は悲嘆に覆われて、この世で最も深い陰に取りつかれたような表情で言った。

「死産を知った安美さんは……安美さんは……精神に異常をきたしたのです。錯乱状態に陥り、永遠の忘我へ、永劫の無意識へ、飛び立ってしまったのです。一体どういうことでしょう。彼女が何をしたというのでしょう。私は神の仕打ちを呪いました。死産はともかく、安美さんまで……」

後は言葉にならなかった。相川は、病気にかかった年増の淫売婦の、垂れ下がった乳房のような絶望でうちひしがれた瞳に、大粒の涙を浮かべていた。そして、その涙は否応なく頬を伝わっているのである。

原谷は白百合幼稚園を後にすると、直ぐその足で、落合信一の宿泊している民宿へ向かった。

落合は扇風機を首振り状態にし、二つに折り曲げた座布団を枕にして、仰向けに寝ていた。原谷がドアを開けて静かに近寄ると、その気配を感じとったらしく、おもむろに起き上がった。虚ろな目で原谷を確認すると、

「どうでしたか?」

と一言、力なげに聞いてくるのだった。

原谷は今し方相川から聞かされた件を、全て話してよいものかどうか、ためらっていた。話せば落合までも、錯乱状態に陥ってしまうように思われたからだ。相川からは何も手掛かりは得られなかった、いや、相川の存在自体が確認されなかったということにすればよいではないか。落合は、安美の老母から結婚したという、偽りの事実のみを知るだけである。もう全てを諦めているのだ。今さら、傷つける必要もあるまい。これ以上苦しめて一体どうなるというのだ。

原谷は人に真実を伝えるということが、こんなにも呪わしく思われたことは、はじめてであった。

しかし、次の瞬間、原谷は思いがけなくこう言っていたのである。

「明日、私に付き合ってくれませんか？」

落合は相変わらず力なげに肯《うなず》くのだった。原谷は何かいたたまれなくて、明日の時刻を約束すると、逃げ出すように民宿を後にした。

落合はひとりになると、海からの快い涼風が晩夏を思わせるような夜闇を、静かに眺めていた。潮騒の音に混じって、浜辺で遊ぶ人々の歓声や花火の破裂する音が風に流されてくる。伊豆の空は高いが夜は低いと思われた。星々が手を伸ばせばつかめそうなほど、きらめいている。落合は自分の長野の田舎のことを、ふと、思い出した。俺の田舎の夜空もこんなふうに美しいのだ。落合は放心状態で夜空を眺めている自分に気付くと〝ほっ〟と深い溜め息をついた。

いよいよ明日は東京へ帰る日である。大学浪人時代に苦悶の日々を過ごした所へ再び戻るに当たって、現在の落合は不安になるどころか、かえって安心しているのである。今の俺は、印刷会社に勤める普通の社会人だ。人間としての本当の生き方を教えてくれた安美の信念に、心から感謝しているのだった。落合は自分のような汚らしいなりをした者、卑屈な魂を持った者、に対しても、誰に対すると変わらぬ、かえっていっそう深い愛を示した安美に、全身がふるえ戦《おのの》いたのである。安美の愛こそが、落合に本当の〝献身〟を実行させ得る人間にしたのである。人間は人間によってのみ救われるのだ。落合は部屋の窓を開けたまま、網戸にして床についた。

原谷は午前七時に起き、身仕度を整えると、簡単な朝食を済ませ、落合の宿泊している民宿へと向かった。落合はまだ朝食中で、民宿の主人の承諾を得てから落合の部屋で待つことにした。十五分ほどして落合は戻ってきた。原谷は煙草を吸いながら言った。

「落合さんが今日帰るのを思い出したものですから……ちょっと早すぎたようですね。それでもう一度、確認しておきたいのですが、昨日も言ったように少し付き合っていただきたい所があるのですが、宜しいでしょうか？」

落合も食後の一服をしながら、原谷の方をチラッと見ると言った。

「判りました。今まであなたのお世話になりっぱなしでしたからね。一緒に行きましょう」

落合は安美とのことに関して、気持ちの整理がついているように静かな笑みを浮かべた。

落合は民宿代の精算を済ませると、原谷と共に民宿を後にし、隣のS市にバスで向かった。S市には一時間ほどで着くのであるが、観光客のマイカーが殊のほか多くて渋滞したため、予定より二十分も遅れてしまった。

原谷が園長の相川から聞いた場所というのは、S市の中心街からちょっと南に行ったところにあった。駅から歩いて二十分くらいの距離で、豆陽川の大きく蛇行する人家もまばらな寂しい所である。原谷はその場所が地元の人々から奇異な目で見られ、人生の墓場とまで呼ばれているのを知っていた。人間であって人間ではない、死が訪れるまで自己を取り戻すことのできない肉体が、ただ存在するのみである。

原谷は歩きながら、後ろからとぼとぼと付いて来る落合の方へ、いつ踵《きびす》を返して本当のことを告げようか、迷っているのである。

そのときである。後ろの落合が原谷を呼び止めた。

「原谷さん、精神病院という所は、実に不思議な領域なんですよ。心が純粋すぎて傷ついたり、生真面目なために社会からはみだしたりした、本来、我々が失いかけたものを執拗に固持している人達が生きているのです。安美さんもその中のひとりなんです。そっとしてあげましょう」

原谷は驚愕した。知っていたのだ……この人は全てを知っていたのだ。誰からも教えられていない真実を、落合は感じ取っていたのだ。

原谷と落合は病院に着くと受付には寄らず、豆陽川の土手沿いの病院裏に回った。四階建ての白い建物の窓という窓には鉄格子が嵌《は》められ、さらに土手に沿って十メートルほどの金網が、建物を取り囲むように屹立している。まるで刑務所だ。もう少し歩いてゆくと、眼前には西洋の庭園を思わせる幾何学的な立派な庭園が見えてきた。原色の花々が夏の陽光を浴びて浮き上がっている。甘い蜜の香りが漂ってくる。蜜蜂や蝶の羽音が快い音楽を奏でる。

その中で、看護婦に付き添われながら、ひとりの美しい女性が蝶と戯れている。落合はつかつかと二、三歩、原谷の前へ進み出ると、その女性をじっと見つめている。時間が消えてしまったかのように、じっと見つめている。

Profile ＊ 著者プロフィール

石田 和重（いしだ かずしげ）

1960年、静岡県生まれ。

蝶蝶舞

2001 年 10月15日　初版第1刷発行

著　者　石田《いしだ》 和重《かずしげ》
発行者　瓜谷 綱延
発行所　株式会社 文芸社
〒112-0004　東京都文京区後楽2-23-12
電話　03-3814-1177（代表）
03-3814-2455（営業）
振替　00190-8-728265
印刷所　株式会社 フクイン

ISBN4-8355-2532-9　C0093